DIVINE

THOUGHTS

COMPILED BY :- ANUPMA
MAHIPAL
SHIVAM SACHDEVA

BookSquirrel Publication

Mahadev Totala Nager, Indore (M.P),452001
Regd Under MSME
Website:
www.booksquirrelpublication.com

Divine Thoughts

By: Anupma Mahipal and Shivam Sachdeva

ISBN: 978-93-89923-12-4

English Anthology 1st Edition

Book Formatting: Rubal Choudhary

<u>**DISCLAIMER**</u>

This is a work of fiction. Our editors have tried their best `to edit the content of the author/authors and check the plagiarism. All the write-ups in this book are unique and are only published in this book. In case any plagiarism or error is found, only the author is responsible alone, and not the publisher.

<u>Acknowledgment</u>

The making of this Anthology would not have been possible without the co-authors and our team.

Thankful gratitude towards all who have worked hard and have made an effort for this book to be successful.

Above all, the hearty thanks to our parents, family, and friends for supporting us throughout this project.

Lastly, we thank the almighty for giving us this opportunity and strength to complete it successfully.

ABOUT THE FIRST COMPILER

ANUPMA MAHIPAL

उस वक्त को भी पल दो पल ठहरना चाहिए, के जब भी मैं तुझे देखने आती हूं, बार-बार सपनो में तेरा दीदार कर आती हूं, हर बार लौटते हुए तेरी दिवानी हो आती हूं, मेरे गमों को भी ना बस मेरा सहारा है, तो खुद को भी थोड़ा वक्त दे आती हूं, अनजान से उस शख्स पर इतना भरोसा है, के अपनी धड़कने उसके आगे रख आती हूं, ईमान,इज्जत और नाम, तीनों के ख़ातिर, सब कहकर भी कुछ अधूरा रख आती हूं, जानती हुं नहीं सरना कुछ भी तेरा मेरे बिना, मन्नतो में खुशी तेरी, तभी, मांग आती हूंबाल की खाल तक उतार देती है ये दुनिया, हीरे सा इश्क़ मेरा, बंद बकसे में संजो आती हूं।।

Divine Thoughts

ABOUT THE SECOND COMPILER

SHIVAM SACHDEVA

दो पल की जिंदगी है, आज बचपन, कल जवानी, परसों बुढ़ापा, फिर खत्म कहानी है।

चलो हंस कर जिए, चलो खुलकर जिए, फिर ना आने वाली यह रात सुहानी, फिर ना आने वाला यह दिन सुहाना।

कल जो बीत गया सो बीत गया, क्यों करते हो आने वाले कल की चिंता, आज और अभी जिओ, दूसरा पल हो ना हो।

आओ जिंदगी को गाते चले, कुछ बातें मन की करते चलें, रूठो को मनाते चलें।

आओ जीवन की कहानी प्यार से लिखते चले, कुछ बोल मीठे बोलते चले, कुछ रिश्ते नए बनाते चले।

क्या लाए थे क्या ले जायेंगे, आओ कुछ लुटाते चले, आओ सब के साथ चलते चले, जिंदगी का सफर यूं ही काटते चले।

A MYTHRI JAIN

I love writing. It's my hobby to write quotes and poetry.

I am doing my physiotherapy UG degree

It's my belief that writings and Poetries can change lives

and theirway of perceptions..

Let's see a dream together Where we are living,

Together with our family Under our parents,

And new bondings with my in-laws,

Working together And living a simple life,

With our daughter and son, In which, Our daughter resembles

And our son going on me, In the blessings of our forefathers, In my new home.

Where I am married now, Let's see the dream together,

Of living A faithful and loving life.

I step again, Barefoot on the glossy road,

With the water shining, Each step tempt me,

To walk further carelessly, Slowly passing, In the sole
to soul,

Getting the smell allured, Addicting me to the weather,

Not wishing to further step, As it's the attention
seeking, And melting the heart,

The love for the rain, Becoming more and more
undefined..

Catching his pinky she walked,

Across the world,

That she feared the most, Yet she walked, Not holding
his arm,

But his pinky, Which gave her the immense strength,

And to him, The feeling of making her protected!

PANCHAL PRERAK P.

Future Ayurvedic doctor, Stay in Nadiad, From lunawada.

अक्सर हम रोज कुछ ना कुछ सीखते जाते है, फिर भी पता नहीं
क्यों वक्त को कोसते जाते है,
ए ज़िन्दगी..तुझे क्या लगा तूने मुझे निकम्मा बना दिया, गलती
से ही सही ,तूने तो मुझे ठोकर खाना सीखा दिया,
नाज़ है मुझे मेरे बुरे उस वक्त पर, जिसने मुझे मेरी गलतियों को
सुधारना सीखा दिया,
अफ़सोस नहीं मुझे इन दुखते घावों पर, जिसने मुझे पछताना
सीखा दिया, नफ़रत नहीं है मुझे उन बुरे लोगों से,
अरे.. उन्होंने तो मुझे सब सहकर जीना सीखा दिया।

ज़िन्दगी में किरदार बदलते रहते है, नज़र तो वही
है, अदाकार बदलते रहते है,
दिल तो वही है, दिलदार बदलते रहते है, स्वभाव तो वही
है, जानकार बदलते रहते है,
समझ तो वही है, समझदार बदलते रहते है।

ज़िन्दगी के खेत में, हम सुनहरे पलो के बीज से,
खुशियों की फसल बना रहे थे..,
पर.., तुम्हारी आबोहवा ने फसल बिगाड़ दी।

KISHORE KUMAR NAIK

S/o - Tumbsewar Naik, At- Badamaribhata, PO-
Gorakhpur, PS- Kashipur,

Dist- Rayagada, State - Odisha, PIN- 765015

My Lifeline

You're the lifeline,

I can't envisage My life without you. Your unconditional love,

The best gift ever, I have received. (Dedicated to my Mom)

**

Writing saved me from getting drown in the hell of my life.
It's showing me the path to find the meaning of my life .

Let us appreciate and thanks to God for giving us another opportunity to welcome another new Dawn of our life.

Let's don't recall the past nor brood over the future.

One of the best thing ever we can do is let's live the present to the fullest thinking it's the last day of our life.

<u>Lonely Soul</u>

The life becomes hell when you

come to know that really the life is not easy.

That moment when you're 23 yrs old but there is no job in hand,

no money in your wallet even you can't beg to your family.

Dear poor lonely one you're just useless to the society.

Sometimes you feel down and inferiority surroundings.

Amidst of all these hurdles you find yourself alone and the worst

feeling is that there is not a single shoulder to lean on.

But only the damp pillow soaked with ocean of tears

knows the dark night horror story of that lonely soul.

Sometimes the pillow tries to wipe out those poor drops of diamond

but ends up being disappointed knowing that he is handless.

But the young one , lonely one still have some hopes and wishes to live,

to grow up and to move on from the hell of his life.

What does the lonely soul deserve???

MAITRI GALLA

A writer and poetess who loves to play with words
and kindle subtle perceptions.

Divine Thoughts

It was always you for me.

Only if you had realised it sooner,

For my words love you,

Even if I cannot afford,

To think of love.

Drenched in your thoughts,

I write a few verses.

Some scattered words;

Like these droplets of ink,

Brewing some feelings I hide.

I know not whatever love is;

But my words call you mine.

Divine Thoughts

I can see how –

Those entwined lines of destiny,

Have intensely tangled,

My thoughts with you.

You come more often,

In my reality,

My dreams; long to see you.

Just for a moment, you stop –

Oh time, for my heart is set ablaze.

Fearing love, I drench myself;

In liquor of absolute isolation.

Wishing, you somehow hear,

It is not you, but your love I crave.

I neither pretend,

Nor do I fake.

The way things end,

It's my mistake.

For I know no sweet-lies,

Trust no bonds, no ties.

SHRUTHI R

Miss.Wanderer

Divine Thoughts

To hold her with your arms when she is sad To have her with all your love,

deep inside your heart To take a promise to make her smile and share her

happiness with you It's not that easy Because it takes a life-time to prove one's

love Love is not that easy To make her your priority near or far everytime Those

moments,smiles,tears,laughter and love and the memories you have with her

Will haunt you everyday until your alive

**

What could make our face smile instantly and our hearts shine brightly everyday?

Seeing our loved one's photos and messages... obviously

**

Sunlight crawls into my room like The first ray of the sun falls in my

eyes and i lay with one eye open,in half sleep,in a dilemma whether to wake up or not

SUTAPA DAS

My name is Sutapa Das. Writing is my passion.
I love to write, it's my passion .
I like to write thoughts of soul .
I am a Student of B.sc honours in physics.

MY LOVE POEM

Love is not between boy and girl.
Love has various names and shades
. The universal purest love is Mother's love.
Love is the powerful key of every hardwork.
Love is the ultimate way of turning the hate into love.
Love is unconditional,love is trust and love is keeping faith in
our love ones with understanding their feelings too.
Love is the world's most wonderful magic.
Love is being together in the bad times besides the good times.
Love doesn't mean only you and me or ourself.
Love is the greatest gift of the God.
Love is the unique powerhouse of strength
and strongest element of achievement.
Love doesn't bounded by own expectations,love refers to the
satisfaction on other's comfort and happiness.
I love you it's too easy to say but said it when you
understand the meaning of true love.
Love is such a magician which can do anything by it's magical
touch.
Love is sharing your happiness with all to make them smiling.
Love is the bonding of trust and understanding.
Love is a bond like the bonding of the flowers with it's smell
and
bond of the wings with the birds.

Love doesn't mean only physical attachment but love is the
attachment of two soul .
Love is love it has no comparison. The another name of love is
sacrifice.

THE EARTH

The earth is a kind place for all because it gives shelter to all no matter
it's good or bad or it harms the earth by it's presence.
But the earth always welcome each and every little things with a beautiful smile.
Earth is a pradise which upbringing all species and elements with unconditional love and care.
Earth is like our mother who always give us everything without any demand.
Earth is so kind that it keeps the destroyers in her lap too.
This earth which gives us everything then we should take care of it.
So try to reduce pollution for making the earth more beautiful and charming.
Try to keep the earth safe as much as you can.

MOTHER THE BEST TEACHER

My mother tells me to be honest no matter how the situation is.
Always helpful and kind to others.Make your behaviour as your identity
Don't think about own comfort and happiness all time because sometimes a little sacrifice can give you more satisfaction. She often told me that learn to become
happy with what you have in your life because may be someone haven't this much too.
One more thing she tells that at first give a glance in your own fault and mistakes
before accusing or judging anyone for their fault.
She is my guideline and she taught me the best lesson of life.

Kindness

Kindness is the generous quality of making our surroundings happy
by our presence.Kindness is the another name of humanity and love.
It means helping needy people from heart not only by money and also try to understand their emotions.
Kindness refers to being the support system and the comfort zone who seeks help.
Polite behaviour and judging people equally is the another name of kindness.
It's not about showing sympathy, it's a feeling it's a promise of being together in the good and bad times both.kindness is also a way of expressing
our nature and culture. Kindness is the identity of our behaviour.

Need to change thought

This world will change only when people forget about caste religion
and start believing in humanity along with behave properly
with all people because we all are human beings.
Our one only identity is we are human.
World will change when people change their thinking view and
stop separating people in the base of religion.

Flowers as teacher

Flowers make me believe that no matter how
difficult
the situation or circumstance is I should do my
work in my own charms
of capability to touch my set success point.
Make my personality as a admirable person like the
flowers.
Also spread the scent of happiness in my
surroundings by my presence

KUNTI RANI

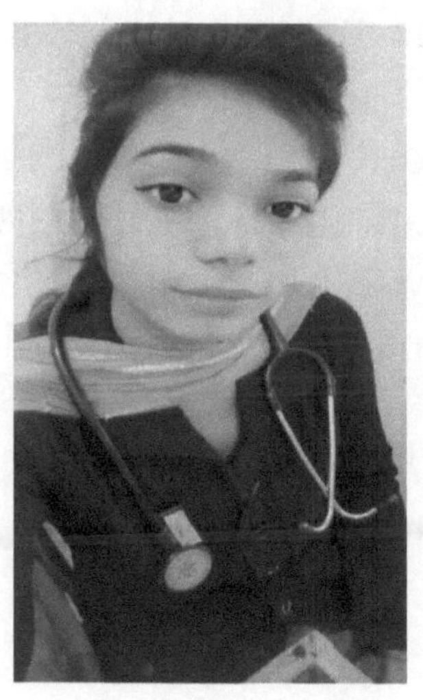

Simple Girl ... Dream Doctor ..

Yeh Zindagii Bas Sirf Pal Do Pal Hai,

Jisme Na To Aaj Aur Na Hi Kal Hai,

Jee Lo Is Zindagii Ka Har Pal Is Tarah,

Jaise Bas Yahi Zindagii Ka Sabse Hasin Pal Hai.

Dard Kaisa Bhi Ho Aankh Nam Na Karo,

Raat Kaali Sahi Lekin Gham Na Karo,

Ek Sitara Ban Jagmagate Raho,

Zindagi Me Yun Hi Sada Muskurate Raho.

Zindagi Ke Raaz Ko Raaz Rahne Do,

Agar Hai Koi Aitraz To Rahne Do,

Par Jab Dil Kare Hame Yaad Karne Ko,

To Use Ye Mat Kahna Ke Aaj Rahne Do.

GUNJAN SACHDEVA

I won't to bee Computer Engineer

I am closest to my mother, as she is my rock,

my pillar of strength, and my world.

Not only has she stood by me through all times - happy,
sad, and otherwise

- but there have even been moments when I had
completely lost hope,

and her immense belief in me had lifted me up.

जिन्दगी को हमेशा मुस्कुरा के गुजारो,

क्योंकि आप नहीं जानते की.. यह कितनी बाकी है।

रुई का गद्दा बेच कर.. मैंने इक दरी खरीद ली,

ख्वाहिशों को कुछ कम किया मैंने और ख़ुशी खरीद ली.. –

सबने ख़रीदा सोना..मैने इक सुई खरीद ली,

सपनो को बुनने जितनी डोरी ख़रीद ली.. –

मेरी एक खवाहिश मुझसे मेरे दोस्त ने खरीद ली,

फिर उसकी हंसी से मैंने अपनी कुछ और ख़ुशी खरीद ली.. –

इस ज़माने से सौदा कर.. एक "ज़िन्दगी" खरीद ली,

दिनों को बेचा और शामें खरीद ली.. –

शौक-ए-ज़िन्दगी कमतर से और कुछ कम किये,

फ़िर सस्ते में ही "सुकून-ए-ज़िंदगी" खरीद ली!

SWAGATIKA PADHI

Student

Rona to "Mission Mangal" dekh ke aya tha
"Ashiqui 2 " dekh ke nai.

**

I just want to be silent near everyone except my
unfulfilled dream work

**

Dil me Maa ko rakhana Dhadkan me mujhe rakh
lena Agar
Maa na hoti Mujhe dhadkan me rakhne wala Tu bhi
kahan hota

**

इतना तो है हमे तुमसे मोहब्बत है इजहार कभी किया
नहीं पर दिल से
तेरा प्यार हर लम्हों में ,हर सांसों में कबूल है ! कबूल है !
कबूल है!

**

डर खो देने का डर किसी ओर के बाहों में सो जाने का डर
सता रहा है
मुझे मेरे हर लम्हों से तेरे नाम को न जोड़ ने का डर सता
रहा है
मुझे तेरे सामने पराया बनने का डर सता रहा है
मुझे तुझसे परायों की तरह मिलने का डर सता रहा है
मुझे जाना तुझे खो देने का डर सता रहा है मुझे||

I am not pretty enough to wear make up

.But,I am not ugly that the way some people
think..... Yes, I am a dusky girl.

PRINCE CHAUHAN

Simple Living and High thinking ....Want to become a Doctor..

तुझे देख कर ये जहाँ रंगीन नजर आता है,

तेरे बिना दिल को चैन कहां आता है,

तू ही है मेरे इस दिल की धड़कन,

तेरे बिना ये जहां बेकार नज़र आता है।

तू तोड़ दे वो कसम जो तूने खाई है,

कभी कभी याद करने में क्या बुराई है,

तुझे याद किये बिना रहा भी तो नही जाता

, तूने दिल में जगह जो ऐसी बनाई है।

हम उम्मीदों की दुनियां बसाते रहे;

वो भी पल पल हमें आजमाते रहे;

जब मोहब्बत में मरने का वक्त आया;

हम मर गए और वो मुस्कुराते रहे।

KANISHKA MUDGAL

An Amateur Writer

With Big Dreams !!

|| हर ख़ुशी का पल आ जाता है मेरे आगे; सो जाता हूँ मैं जागे जागे,

आती है मुझे बीती हुई वो हर बात ; शायद बातों में ही है सब साथ साथ,

मैं याद हर बात कर जाता हूँ ... जब मैं मेरे अतीत में जाता हूँ ||

|| याद आता है मुझे वो हर इंसान ; जिसके बिना महफ़िल है मेरी

शमशान,

 वो दोस्त आ जाता है बार बार आँखों के आगे; उसके बिना एक दर्द

बार बार इस दिल को लागे,

 बार बार मन दोहराता है एक बात ; क्यों छोडा मैंने उसका साथ ,

 मैं दिल पर काबू नहीं कर पाता हूँ ... जब मैं मेरे अतीत में जाता हूँ ||

|| था अतीत मेरा इतना अच्छा के बन गया एक इच्छा ...

खो जाता हूँ मैं इन तन्हाइयो में ... डूब जाता हूँ मेरे अतीत की

गहराइयों में.

लेकिन पर इस रेशम की डोर ...

 है एक वर्तमान का शोर... मैं भूल मेरा वर्तमान जाता हूँ ;

पल में सपने लाख ले जाता हूँ; जब मैं मेरे अतीत में जाता हूँ...।।

My father taught me...not to cry...

"I AM HERE NA..."

Whenever i wanted a toy like my friend...

My father taught me not to jealous....

" I AM HERE NA....

" When I did't get employment and was suffering by time...

My father taught me...

"My blessings are with you....

& Do not think that you cant....

Because god will give you more than what you want...."

उस साल का खोया हूं इस साल लौट कर आऊंगा...

रुका नहीं मै अपना रंग दिखाने ...,

यह जीत मैं जीत कर जाऊंगा....

उस साल का खोया हू इस साल लौट कर आऊंगा...

पता नहीं कब तक जिंदा हू में ...;

लेकिन जिंदगी की लहर लेने आऊंगा ....;

उस साल का खोया हूं इस साल में लौटकर आऊंगा !

सीने में थी आग: और जिस्म था बर्फ मेरा...

उस बरस का पिघला हूं ...,इस वर्ष आग लगाऊंगा ..,

उस साल का खोया हूं..इस साल लौट कर आऊंगा! मयखाने ने मुझे किया बेसुद्ध....

मयखाने ने मुझे किया बेसुद्ध....

इस साल मै सुद्ध मयखाने को दे जाऊंगा ..,

उस साल का खोया हू.. इस साल लौटकर आऊंगा!

रब से मांगा नहीं ज्यादा मैंने ...;

बस मेरा हौसला मुझे वापस दे दे ....,

उस साल जो छीना था मुझसे ...,

वह हक लेकर जाऊंगा ;

उस साल का खोया हूं इस साल लौटकर आऊंगा ...!

हराकर मुझे जश्न बनाया तुमने ....,

इस बार शरीक में नहीं करूंगा .....,,

उस साल का खोया हूं इस साल लौट कर आऊंगा ...!

उस साल का गायब हूं इस साल नजर आऊंगा...!!

मधुशिल्पी (शिल्पी सक्सेना)

Myself Shilpi Saxena.

First cry 13th February
Madhushilpi my pen name
13th february my birthdate

ये थी गुज़रे ज़माने की बात
अब तो बस बोझिल है तन मन
बेदर्द ज़माने के झंझट मे
न ही कोई ख्वाहिश है
और न कोई तमन्ना है
साँसों का आवागमन भी अब
दमघोंटू सा लगता है|

हमसफ़र है साथ मेरे
मंजिलों की तलाश भी नहीं
फिर क्यों मेरा सफ़र अधूरा है
मृगतृष्णा है ये कैसी
सामने दरिया है
फिर क्यों मेरा मन प्यासा है
खुशियों की महफिल सजी है
थिरकता हर शख्स यहाँ
फिर क्यों मेरे दिल पर गमों का बसेरा है|

हाँ सच ही तो है
तेरे आँगन की तुलसी ही तो हूँ
घर की लक्ष्मी रसोई की अन्नपूर्णा
बच्चों को शुभ संस्कार देती सरस्वती
आए जो कभी गम की आँधी
उससे बचाने को कभी काली कभी दुर्गा
हमेशा रक्षात्मक पहलू मे तैयार
परिवार पर न आए कोई आँच
बस फर्क इतना कि कहीं कहीं तो
आज भी पूजी जाती नारी तुलसी सदृश
और कहीं मिलता बस तिरस्कार|

परछाई साथ चल रही थी मेरी परछाई!

जाने क्या सोच हौले से मुस्कुराई!!

बोली सुन ओ अलबेली! ये दुनिया है कैसी पहेली!!

मैंने कहा हर इंसान यहाँ मतलब से मिलता है!

बहुत कम ही होता है जब दिल से दिल मिलता है!!

#मधुशिल्पी

कुछ कम भी हो तो खुशियाँ गर जीवन मे कुछ कम भी हो तो कोई गम नहीं

लहकती धूप मे छाँव कुछ कम भी हो तो कोई गम नहीं तूफां से भी निकाल लाएंगे|

मधुशिल्पी

सुविधाओं का त्याग लक्ष्य हो गर फ़लक छूने का सुविधाओं का त्याग ज़रूरी हो जाता है

मत घबराना राह की आँधियों से हवा के विपरीत भी हमको बहकर दिखाना है

हो जेठ की दोपहरी या हो सर्द रातें लक्ष्य की लालसा मे जी तोड़ मेहनत करना है

हो सम या विषम परिस्थिति हर हाल मे खुद को साबित करना है

ज़माने की लाख मिले उपेक्षा हमें तो बस अपना परचम लहराना है|

#मधुशिल्पी

NITIN JANGIR

Government Job

अरमान थे कई दिल में मेरे, जो न कह सका न लिख सका।

एक तस्वीर बनाई थी उसकी वो, बस उसको कभी दिखा ना सका।।

वो अंगूठी रखी है मेरे पास आज भी, बस कभी उस से इजहार न कर सका।

और कोशिश भी की थी कागज पर लिख दूँ अरमान, लेकिन वो चिठ्ठी भी कभी उसे दे न सका ।।

कुछ शायरियां भी लिखी थी उसे याद करके, लेकिन बस उसे ही पढ़ा ना सका।

बेशक इश्क़ बहुत था उस से मुझे, बस उसे ये कभी बता न सका ।।

हां प्यार तो एक तरफा ही था मुझे उस से, लेकिन उसके जाने पर आखों को रोक न सका।

और ऐसा नहीं की कोई और नहीं आया जिंदगी में मेरे, मैं तो बस एक उसे ही कभी भुला ना सका ।।

इश्क़ होने के बावजूद,इज़हार ना करना,है एक तरफा इश्क़,

उसको हंसता देखकर दिल को मिली राहत है, एक तरफा इश्क़।

उसे देखते-देखते थक सी जाती है मेरी आँखें,

लेकिन फिर भी उसे ही देखने की चाहत है,एक तरफा इश्क़।।

शायरी में बस उसी का जिक्र करना है,एक तरफा इश्क़,

उसकी हर एक याद को भी याद रखना है,एक तरफा इश्क़।

मुझे फर्क नहीं पड़ता,कि वो जानती है या नहीं,

लेकिन हां जो मुझे ,उससे है,वो है एक तरफा इश्क़।।

हर पल याद आता है मुझे!

वो हर दिन एक नए रूप में आना उसका,

हवा में उड़ते बालों के साथ मुस्कुराना उसका,

अलग-अलग चेहरे बनाकर मेरे दिल को चुराना उसका,

हर पल याद आता है मुझे।।

वो पहली बार उससे बातें करना मेरा, उसकी मीठी

आवाज़ में ही खो जाना मेरा,

और पहली ही मुलाकात में इज़हार कर देना मेरा, हर

पल याद आता है मुझे।।

मोबाइल पर वो रात-रात भर जागना हमारा, रात भर

प्यार भरी गुफ्तगू करते रहना हमारा,

गुस्सा होकर, वापस बातें करने को बेताब होना हमारा,

हर पल याद आता है मुझे।।

वो कॉलेज की कॉफ़ी को शेयर करके पीना, मोबाइल

वॉलपेपर पर एक दूसरे की फ़ोटो लगाना,

और दोनो का वो प्यार भरे गाने सुनना, हर पल याद

आता है मुझे।।

वो हमेशा मेरे लिए सजना-संवारना उसका, हर वक़्त मुझ

पर प्यार से हक़ जताना उसका,

और बेवजह शक करके मुझे परेशान करना उसका, हर पल याद आता है मुझे।।

प्यारी-प्यारी वो सारी बातें तेरी, अकेले में लिखी तेरे लिए शायरियां मेरी,

और तेरे ना होने पर लगातार तस्वीर देखना तेरी, हर पल याद आता है मुझे।।

वो बिछड़ते समय मेरे लिए गले लगाकर रोना तेरा,जाते वक़्त,जल्दी लौट कर आने के लिए कहना तेरा,

आखरी बार जादू की झप्पी और प्यार की पप्पी देना तेरा हर पल याद आता है मुझे।।

ARPITA SHARMA

18 years individual....hustling for my dreams...

Write...speaker ...and a dancer too.

Life is truly lived only when you taste the toxic and still be alive to prove yourself...!

He was the Ray...I was the Dew...

Who matched liked something new...

And brought up the lights of night ...

Which was never conquered by the shining wall of time....!

Karoge yaad guzre zamane ko...

Tarsoge humare saath ek pal beetane ko..

Fir aawaz doge hume wapis bulane ko...

Aur hum kahenge ...

Darwaza nhi hai kabhar se bahar aane ko...!

RIYA CHAUDHARY

I'm a student of class 11 From Kotdwara,
Uttarakhand Love writing, Write from heart,
self thought, nature lover, dad lover ,
write on what I see around me .
Wanna to write my autobiography one day.

पापा

खुद कष्टों को ही सहता है वो । फिर भी किसी को बतलाता नहीं ।।

चाहे कितना भी निराश क्यों न हो । पर बच्चों पर आँच आने देता नहीं ।।

खुद के लिए कुछ भी लाता न हो । पर बच्चों के लिए सब लाता ही है ।।

चाहे जेब खाली ही क्यों न हो । फिर भी एहसास किसी को कराता नहीं ।।

बच्चे की हर जरुरत पूरी करे । उसके खातिर ही पूरी दुनिया से लड़े ।।

शाम थका हुआ घर आए । फिर भी एक टाफ़ी जरूर लाए ।।

अपनी ख़ुशी का इजहार चाहे करता न हो । पर बच्चों से बहुत प्यार करता है वो ।।

बाहर से चाहे ही सख्त क्यों न हो । पर अंदर से ही बच्चे जैसा है वो ।।

हँसता चाहे बहुत कम ही हो । पर रोता कभी भी नहीं है ही वो ।।

हार ज़िंदगी से कभी मानता नहीं । सारे रिश्ते नाते निभाता है वो ।।

चाहे कितना भी दुखी क्यों न हो । पर बच्चों को देखकर मुस्कुरा देता है वो ।।

सारी ज़िम्मेदारियाँ निभाता है । पर अपने दुखों किसी से भी साझा नहीं करता है वो ।।

उस जैसी शकशियत इस दुनिया में कहीं और कहाँ । सबसे प्यारा, सबसे न्यारा, अपने बच्चों की आँखों का तारा है वो।।

आजादी का सही मतलब –

आजादी का पर्व मनाने आज एकग्रित हुए हम सब ।

आजादी का क्या असली मूल समझ पाए हैं हम सब ।।

अगर हाँ, तो फिर क्यों होते हैं आपसी झगड़े ,क्यों बाँटा

जाता इंसान को धर्म जाति के नाम पर

,क्यों होती है ऊँच नीच, क्यों होती मुड़भेद ।

क्यों आतंकवादी हमले में शहीद होते हजारों जवान, क्यों नहीं

थम जाते ये आतंकवादी हमले,

आँख उठाकर देखे अगर कोई हमारी भारत माँ को तो आँखें

निकाल डालो उनकी,

अगली बार आँख उठाने पर भी कतराऐं वो।।

अगर हर हिन्दुस्तानी समझ पाता न आजादी का सही

मतलब तो नहीं होती आज हतयाऐं,

नहीं सहनी पड़ती अनेकों यातनाऐं ,नहीं डरकर रहना पड़ता

आज भी एक लड़की को अपने ही घर पर।

अरे! क्या बिगाड़ा है उस छोटी सी बच्ची ने तुम्हारा जो तुम

ऐसा करते हो।

शर्म करो नालायकों तुम भी तो एक माँ के ही बेटे हो अगर

उस

मां के साथ कोई ऐसी घटना करता तो क्या कर पाते तुम उसे माफ ।

क्यों बनती है हजारों लड़कियाँ उसी दर्द का शिकार, क्यों नहीं है वो महफूज अपने ही घर पर ।

अगर समझ पाते न हम सब आजादी का सही मतलब तो होती क्या ये डकैती, चोरी लूटपाट।

क्यों जहाँ एक ओर कुछ बेटे बेटियाँ देश का नाम ऊँचा कर रहे हैं,देश के लिए शहीद हो रहे है ,

देश के लिए कुछ करना चाह रहे हैं ।अरे! सिर्फ कुछ ही क्यों सभी क्यों नहीं देश तो सभी का है न।

सोचो गौर करो और फिर बताओ कि आज तक क्या किया है देश के लिये,

माता -पिता के लिए, खुद के लिए ही क्या किया है।

अपने अंदर एक ज्वाला जगाओ और आज ही एक प्रण लो कि हम सभी कुछ नया जरूर करेंगे खुद के लिए नहीं देश के लिए।

ताकि कम से कम हम खुद पर तो गर्व करें।

और हम सभी आजादी के सही मूल कोपहचानकर उस पर अमल जरूर करेंगे।।

गुरू का महत्व

मैं एक अनजान पंछी सी थी । ना उड़ना अभी जानी थी ।।

लाखों की भीड़ में गुमनामी थी । गुरू की कृपा से पहचान
पानी थी ।।

निकल पड़ी घर से दूर। बस्ता पकड़े ना कुछ होश ।।

गुरू की कृपा से चीज़ें जानने लगी, पहचानने लगी । पहचान
अब मुझे मिलने लगी ।।

थोड़ी मुस्कुराई, खुशी छाने लगी । क्योंकि थोड़ा थोड़ा मैं भी
जानने लगी ।।

अब उड़ने की ठानी थी। पर ज्ञान बस थोड़ा था।। सो गलतियां
भी होने लगी।

पर गुरू ने गलतियां संवारी थी।।

कष्ट दूर किए, सही राह दिखाई, उड़ने की तैयारी कराई।।

बड़ी होते होते समझ थोड़ी आने लगी। गलतियां भी ठीक
होने लगी।।

पर गुरु का मान करना न भूली। पहुँच गई कक्षा दस,
पार की अच्छे अंकों से ,पहचान बनी समाज में। ।

खुशी छाई मुस्कान आई, गुरू की कृपा से पहचान भी बनाई।।

धन्य हैं वे सभी जिन्हें गुरू की प्राप्ति हुई। क्योंकि गुरू से
बढ़कर इस संसार में कोई नहीं।।

SATPAL CHAUHAN

Simple Persone

But

thinking is very High .

मांगना ही छोड़ दिया हमने वक्त उनसे , क्या पता उनके
पास इंकार का भी वक्त ना हो ....

रूपयों की ग़रीबी बेहतर है, "दिल" की ग़रीबी से..

तन्हाई यारों बेहतर है, "मतलब" की करीब़ी से ...

जीत लूं तुम्हें सारी कायनात से ,

तुम भी कभी मेरी दुआओं पर 'आमीन' तो कहो .... !!!

DHIRENDRA KUMAR
(DN DHIRENDRA)

I am working as Devops Engineer in New Delhi

and i love hindi and urdu language. My Native place is Jharkhand.

I am not a professional writer but i love writing.

ग़म है अगर ज़िन्दगी में तो मेरे साथ चलो,

खोए हो किसी की याद में तो मेरे साथ चलो,

ये वादा तो नहीं करता की हर चीज सही कर दूंगा,

पर जीने को.., हौसले की जरूरत हो तो मेरे साथ चलो।

मेरे क़त्ल की कहानी सरेआम कर दो ना,

मेरे हर करतूतों को नाकाम कर दो ना।

दिखावे की ज़िन्दगी से ऊब गया हूं मैं,

मुझे छुओ और छोड़ कर बेनाम कर दो ना।

निकला था मैं गांव से बन कर एक चिराग,

मुझे फुको और बुझा कर अंधकार कर दो ना।

किसी से कहते नहीं बनता मेरे इन्तज़ार की कहानी,

ख़ुदा का खौफ होता उसमें.....तो समझता मेरी नादानी।

तानो बानों में उलझ सी गई है ज़िन्दगी मेरी,

एक तरफ वो हैं तो एक तरफ है दुनिया सारी।

लड़ भी जाऊंगा गर पूरी दुनिया से उसके लिए,

जीत जाऊंगा अपने लिए, हार जाऊंगा सब के लिए।

तू हो जाए मेरी बिना उलझन के,

ये ख्वाइश है हां......अगर इसे फरमाइश कहते है तो ये

फरमाइश ही है।

तलाश थी उसे जिसकी, उसे मिला नहीं, फिर भी इस

ज़िन्दगी से उसे कोई गिला नहीं।

ख़ाक में मिला कर खुद को.... हस रहा था वो, उस गरीब के

पास एक झोपड़ी थी कोई किला नहीं।

बेरंग ज़िन्दगी में रंग भरोगी क्या, अकेले चल रहा हूं..साथ चलोगी क्या?

जला कर खुद को बिखेर रहा हूं रौशनी मैं, फलक में रोशनी बिखेरने को तुम भी जलोगी क्या?

एक अब्र सा छाया है चारो तरफ मेरे, एक जोर की हवा बन कर चलोगी क्या?

एक सुनहरी शाम हो, और साथ छलकता ज़ाम हो। दर्द निकल जाए दिल से, और तमाशा सरेआम हो।।

सरेआम हो जाए सारी बातें, पर बातें बेनाम हो। डूब जाऊं ज़ाम में मैं, बस ऐसा मेरा अंजाम हो।।

PARDEEP KUMAR BOGRA

Pardeep Bogra, a software consultant and a spiritual
seeker

Learning music these days,

want to transform my life using this skill.

<u>Knowledge</u>

Knowledge is all around, ignorance too.
Information which we have or we will have is mixture
of Knowledge and Ignorance.
We need to learn the skill to differentiate
knowledge/ignorance and we are done.
Ignorance is pain, knowledge is bliss..!!

Do we spend time in planning and doing evil acts,
same time and energy can be used for something good.
Every act consumes energy, spend energy wisely !
Oppose only for right causes, don't waste your energy
to stop right actions !

Reading and memorising religious scriptures is not
knowledge, understanding is !
Understanding scriptures is fruitful when we bring
values in our behavior/character.

<u>Evil in me</u>

Evil in me represent good people as villains to me.
If I try to develop good habits in me,
I feel discomfort because of my bad habits.
If we try to bring some good person/people in our group,
evil people feel discomfort
. It is not easy to be good, bring good in our surroundings.

<u>Deeds (Karma)</u>

No one can give us Happiness & Pain, others become only medium.
Happiness & Pain are our earnings by means of our deeds (Karma).
If we become reason for Happiness & Pain of others, it is our deed (Karma).
Outcome of every good/honest action/deed is not good and outcome of every wrong/bad deed is not bad
. But we get good in return of good, bad in return od bad someday.

It's Nature's way of teaching lessons.
Our behavior in present time is investment for future,
whatever we are getting now was invested in past
sometime.

<u>Truth & Lie</u>

We try to find Truth, Love, Honesty, Happiness.
Do we create these ?
Everyone is finding but we create less.
Mismatch in demand and supply. .
We get as much as we create because
cannot be supplied more than production. .
Anger, Hate, Lie : We don't want in our lives,
but if we are producing, will be supplied to us.
. Nature does justice with all.
As you sow, so shall you reap.